UN MONDE DE COULEURS OU LA MÉMOIRE DE L'OUBLI

de Gabriela Lopez Mijares

Titre original : Un Mundo de colores o La memoria de la desmemoria
Traduit de l'espagnol par Annick Ancelovici

Illustrations de Guylaine Audette (www.guylaineaudette.com)

Vente et distribution : Lulu.com

Copyright 2014 by Gabriela Lopez Mijares

MERCI...

- Mille fois je te remercie, Dieu Bien-aimé, chaque fois que je respire, parle, bouge et découvre que je ne suis qu'une étincelle divine de ton Intelligence Supérieure, qui, elle, me permet de vivre, de créer et de rêver dans ce monde et dans bien d'autres.
- Merci à la Bien-aimée Mère Marie, Vierge Éternelle, pour démontrer que l'Amour est inconditionnel et que nous avons toujours le temps de l'exprimer à nouveau.
- Merci à tous mes Anges Gardiens de m'appuyer, de m'aimer et de me guider et de me rappeler que je ne suis jamais seule si je suis en leur compagnie.
- Merci mille et une fois à ma maman, Blanca, éternelle compagne de tous mes jours et de toutes mes nuits. Merci à maman de m'avoir appris à Aimer et à respecter. Merci pour ton amour, ton respect et ton appui inconditionnel à ma vie. Je t'aime infiniment.
- Merci à mon papa, Guillermo, pour avoir toujours cru en moi, pour ton orgueil de papa chaque fois que tu voyais le triomphe de ta semence. Et pour m'avoir poussée à aimer et à apprécier la lecture, la musique et les arts. Merci d'avoir été mon papa. Je t'aimerai toujours.
- Merci à mon Guille, le meilleur frère qu'une sœur pourrait rêver d'avoir en cette vie ou en n'importe quelle autre. Merci d'être toujours là. Je t'aime beaucoup.
- Merci à toi, ma Glendita, pour être ma sœur, mon amie, ma confidente et la meilleure compagne de voyage au cours de cette belle aventure qu'est la vie. Je t'aime toujours...
- À mon Giovannito, mon petit neveu adoré, le bébé de la famille, le petit gâté, mon petit prince, mon inspiration et ma joie ! Dieu te bénisse, mon joli.

MERCI...

- À Raymond, « mon amour » pour avoir réussi à rouvrir en moi les portes de l'amour. Je t'aime énormément.

- À toi, Karellys, mon éternelle instructrice, merci d'avoir réveillé en moi la leader, la créatrice, la disciple capable de continuer et de créer bien au-delà des traces de ses maitres. Merci de croire en moi.

- À Fabiola et María Beatriz, bonnes amies, pour croire en moi et me permettre de jouer en toute liberté avec leurs enfants, tout en travaillant et créant dans leur espace.

- À mes amies et complices dans ce cheminement de connaissance de soi et de croissance spirituelle: Mari Sol, Sandra Lezama et Sandra « Prashanth », Elizabeth, Ivonne, Elba, pour me stimuler et m'appuyer dans mon « Agenda Aquarien » et pour me motiver à continuer mes recherches, à étudier et à apprendre toujours plus.

- À ceux qui m'écoutent à la radio et qui, à vrai dire, ont été les premiers « lecteurs » de ce conte.

- À José Dottavi, mon bon ami et complice de rêves, pour me pousser à lire mon conte en public.

- Et à tous mes amis, compagnons de travail de Super Stereo 98.1 FM, qui ont toujours été présents quand j'avais besoin d'eux. Merci à tous pour leur amour.

- Et merci encore au Bien-aimé Créateur, qui m'a permis de venir en ce monde et de naître et croitre au sein d'une famille merveilleuse, que j'ai bien choisie et avec les amis providentiels que j'ai pu rencontrer. Merci de me permettre de VIVRE et d'ÊTRE HEUREUSE.

PROLOGUE

Parler des contes de Gabriela, c'est parler de l'espace enfantin qui maintenant se voit clairement avec l'écriture agréable, tendre, joyeuse de cette grande amie qui est comme le mélange d'une fée et d'un petit ange.

Dans les couloirs des bibliothèques et des librairies il y avait une demande de silence par les enfants qui exigeaient leur espace dans cette Ère Nouvelle; nous nous trouvions face à un grand vide dans la littérature ésotérique enfantine en manque d'auteurs vénézuéliens.

Avec l'œuvre de Gabriela, l'Enfant Intérieur des adultes fait une célébration lumineuse par la couleur et la profondeur que nous offre « Un monde de couleurs ou la mémoire de l'oubli » et chaque enfant de la Planète Lumière-Terre confirme que la clé de vivre en harmonie est d'arriver à surmonter les différences et à nous concentrer sur l'Amour, l'acceptation et l'amitié.

À travers ses contes, Gabriela installe un pont vers l'Unité, la Fraternité et la Conscience, valeurs inhérentes à sa vie et piliers de l'Âge d'Or.

BONNE RÉUSSITE, GABRIELA, TU LE MÉRITES BIEN !

KARELLYS DELGADO

CHAPITRE I :
LE CHOIX

« Je vous le dis en vérité, si quelqu'un dit à cette montagne : Ôte-toi de là et jette-toi dans la mer, et s'il ne doute pas dans son cœur, mais croit que ce qu'il dit arrivera, cela lui arrivera ».

Marc 11, 23.

Il y a très, très longtemps, peut-être même des milliers de millions d'années,
Il existait une grande planète, belle et variée,
Avec des personnes aussi diverses que tu puisses imaginer.
Il y avait des êtres blancs, noirs, marrons, rouges et jaunes aussi,
D'autres aux peaux bleues, roses et même violettes,
Avec un peu de brillant et même des petits points sur la peau.

Quelques-uns avaient les yeux clairs, d'autres les yeux sombres.
Certains avaient un visage avec trois ou deux yeux ou un seul œil,
Au milieu du front, juste au-dessus du nez.

Mais le meilleur de tout ça, le plus beau,
C'est que tous ceux qui vivaient sur cette planète nommée Terra (ou Terre, plutôt ?)
Coexistaient joyeusement ensemble, en jouant, chantant et travaillant en paix.

Certaines personnes avaient le visage rond,
D'autres en forme de « U »,
D'autres un long visage, ovale et même triangulaire !
Quelques-unes avaient des cheveux, d'autres du duvet sur la peau,
Mais rien sur la tête, qui parfois d'une boule de billard avait l'air…

Mais personne ne s'étonnait, tout le monde vivait très bien.
On chantait, jouait et travaillait en souriant tout le temps
Et sans beaucoup de « bla, bla, bla ».

Mais un jour (béni « mais » qui a toujours l'air de l'être)
De tant de bien-être on a commencé à s'ennuyer,
Et une immense aventure ils ont tous voulu inventer.

Cette aventure « voyage » semblait-elle s'appeler,
Car tous à la découverte d'autres mondes voulaient aller.

Alors un immense vaisseau ils se mirent à fabriquer,
Où tout ce qui pourrait leur être utile ils allaient transporter,
Dans le cas où le voyage serait très long ou s'ils décidaient de ne pas rentrer.

Leurs lits, leurs couvertures, des meubles et d'autres choses ils voulaient emporter.
Leurs cuisines, leurs amis, leurs chiens et tout le reste.

Ils voulaient emporter une école, les livres et quelques-uns de plus
Qui pourraient leur apprendre à connaître d'autres mondes
Et à faire des recherches le moment venu.
Alors, à construire le plus grand vaisseau tous ont participé.
Et ils ont travaillé bien des jours pour pouvoir le terminer.
Jusqu'à ce que pour le départ tout fût prêt.

Mais, qui partiraient, les rouges ou les violets ?
Avec une pièce au sort ils tirèrent.
Même si les plus aventuriers,
Les verts, bleus et violets,
Eux-mêmes se proposèrent
Et dirent que ce seraient eux qui partiraient explorer l'espace…

Qu'ils chercheraient d'autres mondes, peut-être d'autres planètes,
Qu'après un certain temps ils parviendraient à adapter
Et qu'une de ces planètes, un jour, ils pourraient aussi l'habiter.

CHAPITRE II :
LE DÉPART

« La distance peut-elle vraiment nous séparer de nos amis ?
Si tu veux être avec RAE, tu ne te trouves pas déjà là ? »

AILLEURS N'EST JAMAIS LOIN
Richard Bach

Ils furent tous d'accord, même s'ils avaient envie de pleurer,
Car ils ignoraient combien de temps cette aventure pouvait durer
Et peut-être que leurs amis, avant longtemps ils ne pourraient les regarder.

Et arriva le jour qu'ils attendaient,
Le jour du départ des amis bleus, verts et violets.

Ils allèrent tous jusqu'au vaisseau
À leurs amis voyageurs apporter un cadeau
Pour que lorsqu'ils seraient loin,
Ils ne les oublient point.

Cependant, le commandant suprême du vaisseau qui partait,
Dit en souriant mais avec le cœur tout ridé,
Que le plus beau des cadeaux serait qu'on ne les oublie pas.

Et quand tous furent montés à bord
Et que sur la planète tous les haut-parleurs résonnaient,
Le commandant leur dit :
- Amis et frères de toute la vie,
Aujourd'hui c'est nous, une partie de vous, qui partons,
Sans savoir où nous allons,
Pour explorer des mondes lointains, comme nous le voulons,
Pour savoir si là-bas nous trouverons
Des espaces aussi adorables que ceux d'ici où nous habitons.

Pour qu'un jour nous puissions y aller et nous y installer,
Si cette planète Terra ou Terre, plutôt,
Que nous aimons tant, mais que parfois nous négligeons,
Se retrouvait en danger et endommagée...

Mais, amis et frères, n'oubliez point cette date, nous vous en supplions,
Même si défilent interminablement des lunes, des jours et même des soleils
Durant lesquels vous ne saurez rien de nous,
Mais soyez sûrs qu'un jour nous reviendrons.
Nous serons toujours ces compagnons de jeux qui aujourd'hui partons,
Mais avec plus de sagesse et tant d'aventures à raconter...

Et il en fut ainsi....

CHAPITRE III:
ALLER-RETOUR

« Oh ! Que n'ai-je une muse de flamme qui s'élève
jusqu'au ciel de l'invention !....
...Suppléez mon insuffisance par votre imagination »...

CŒUR, ACTE I DE L'ŒUVRE LA VIE DE HENRI V
William Shakespeare

Le vaisseau est parti très vite jusqu'à ce qu'on le perde de vue…

Et les jours, les mois et les années passèrent
Sans que de nos amis voyageurs nous parvienne la moindre nouvelle.
Ni un appel, ni un signal, ni une lettre.

Ni une seule photo qu'ils puissent regarder.

Et ainsi passèrent les siècles en racontant cette histoire sans fin,
Jusqu'à ce que tant de temps se soit écoulé et que, ce que redoutait tellement
Le grand commandant
Le jour où son vaisseau partit vers une autre galaxie du soleil,
Arriva tristement,
Et on ne parlait plus de ce voyage dans le cosmos,
Qu'un jour entreprirent ces frères d'amour.

Mais… (deuxième « mais » du conte qui maintenant devient meilleur !),
Le temps est vraiment bizarre dans notre galaxie mineure,
Parce que pour certains il est très lent et avance à pas de tortue,
Pour d'autres il est très rapide et vole sur les ailes d'un « Concorde »…
Nos frères voyageurs finalement se laissèrent voir !!!
Et un lundi, jour de travail, sur la Terre comme sur Uran,
Apparut un vaisseau fantastique, immense qui le ciel sillonnait,
Et il voulut descendre même si lentement et sans fracas il s'approchait,
Sur la Terre leurs frères se mirent à crier.

Épouvantés ils s'enfuyaient et dans leurs maisons allaient se cacher,
Ou dans les froids bureaux se mettaient à trembler
Et d'autres dans les églises se mettaient à prier.

Mais les plus audacieux (ou peut-être les plus effrayés)
Tout ce qu'ils voulaient, c'était commencer à se battre.
Et ils sortirent de grandes armes, des missiles, des fusées et bien davantage,
Même une bombe atomique ils pensèrent lancer,
Si ces visiteurs étranges voulaient les attaquer !!!
Seuls quelques-uns regardaient étonnés mais sans se réfugier dans leur foyer
Peut-être voulaient-ils connaître ces visiteurs étranges.
Mais ce n'étaient pas des étrangers,
C'étaient ces frères
Verts, bleus et violets qui un matin du mois de mai
Je ne me souviens plus quelle année
Partirent s'aventurer dans des mondes inexplorés.
Leurs frères du vaisseau ne pouvaient le croire,
Et la tristesse les envahit comme vous pouvez le voir.

Car même s'ils avaient mis très longtemps (bien sûr eux ne l'avaient pas remarqué
Parce que le temps parmi les étoiles est moins dilaté)
Eux, dans l'espace, leurs frères de la Terre ils ne les avaient jamais oubliés
Et s'ils n'étaient pas revenus plus tôt ni ne les avaient appelés,
C'était parce que dans le ciel les autorités sidérales ne le leur avaient pas permis,
Pour que du temps de leurs études ils tirent davantage de profit.
Ainsi que se faire traiter d'étranges et être redoutés par leurs frères.
C'était pour eux un motif immense pour qu'ils aient pleuré…

Et même si plusieurs d'entre eux l'ont fait
Ils n'avaient d'autre solution que de partir par où ils étaient arrivés,
Pour ne pas occasionner d'autres contretemps que ceux qu'ils avaient déjà causés.

Et quand à nouveau ce vaisseau de violets quitta la Terre,
Les amis verts et bleus qui d'un autre vaisseau les avaient aperçus,
Demandèrent ce qui se passait et pourquoi ils étaient revenus…

CHAPITRE IV:
CHANGEMENT DE ROUTE

« Tout ce qui arrive une fois peut ne plus jamais arriver. mais tout ce qui arrive deux fois arrivera certainement une troisième fois ».

L'ALCHIMISTE
Paulo Coelho

Les violets, qui déjà sur la route se trouvaient,
Leur racontèrent à la radio ce qu'il leur été arrivé.

Les bleus s'étonnèrent, les verts aussi se mirent à pleurer,
Mais entre tous ils arrivèrent à l'accord nécessaire,
Pour ne pas mettre en danger leur planète adorée,
En provoquant chez leurs frères la panique qu'ils avaient causée.

L'accord était de ne plus descendre les visiter,
Ou essayer de ne pas se faire remarquer,
Et pendant ce temps, avec quelques-uns, arriver à communiquer,
Avec ceux qui de tant courir et courir finirent par s'étonner
Et peut-être voulaient-ils les saluer.

Alors ils se demandèrent : peut-être que eux se souviennent de nous ?
Peut-être que quelques-uns de nos frères se rappellent encore de nous ?
Et ils décidèrent de le prouver.
Ils entreprirent alors un travail plutôt difficile
D'intercepter en faisant très attention les radios des passionnés
De ces quelques-uns qui pensaient qu'ils n'étaient pas méchants ces « étrangers »
Et leur rendre visite, c'est tout simplement ce qu'ils voulaient
Les connaître ou peut-être voulaient-ils juste savoir qui ils étaient.

C'est ainsi que les « visiteurs » réussirent
À secrètement entrer en contact et en éliminant tout danger,
Avec ces petits frères qui, même si apparemment ils n'avaient
Le moindre souvenir de leurs frères colorés,
Au moins sans causer de malentendus voulaient-ils se rapprocher.

Et grâce à des messages radio et en réussissant à se regarder,
Peu à peu ils commencèrent à se rapprocher.

Ils progressaient rapidement et bientôt arriva le moment
Où se produisit entre eux un nouvel évènement
Car ils essayèrent alors de se rencontrer en cachette,
Pour que leur projet ne se transforme pas en une cause perdue.

Ainsi une preuve après l'autre, entre contact et contact,
Très prudemment, a commencé à apparaître un nouveau pacte.

CHAPITRE V:
LES RETROUVAILLES

« Ce n'est que lorsque la rose accepta ses épines, que ses pétales se teignirent de diverses couleurs. Ce n'est que lorsque le rossignol accepta son plumage que de sa gorge jaillirent des roulades infinies. ce n'est que lorsque la lune accepta son opacité, que la lumière brillante d'argent se refléta en son sein. ce n'est que lorsque tu accepteras que tu es comme tu es, qu'en toi se réveilleront les privilèges de Dieu ».

GOUTTES DE ROSÉE
Karellys Delgado

Et les retrouvailles commencèrent dans la plus grande discrétion,
Car on demanda à ceux qui furent choisis,
Qu'ils ne fassent pas le moindre bruit,
Parce que la panique pourrait à nouveau surgir sur la Terre
Et tout ce qui avait été réussi se serait écroulé.

Mais… (troisième « mais » de cette histoire qui maintenant est au septième ciel !)
Ils se consacrèrent à raconter des contes si extraordinaires
Qu'au lieu d'une nouvelle sensationnelle, de la science-fiction cela semblait être
Et ils déformèrent les choses pour qu'elles paraissent plus bizarres
Ou peut-être parce qu'ils n'avaient pas compris ce qu'on leur avait demandé.

De sorte que nos amis violets, verts et bleus,
Ajustèrent leur intuition pour ne pas continuer à se tromper
Avec ceux qu'ils fréquentaient.

Et c'est ainsi qu'ils commencèrent (ensuite !)
À envoyer des messages télépathiques,
Comme si c'était un jeu,
Avec quelques petits frères de la Terre,
Des enfants tout-petits,
Parce qu'ils étaient les plus purs !
Oui, oui, oui !
Les plus jolis !
Et éliminer à coup sûr
Tout risque prématuré.

Les tout-petits et d'autres jeunes,
Se trouvaient comme toujours moins bouleversés
Par l'affaire mentionnée,
Celle des soucoupes volantes, des vaisseaux et des ovnis comme beaucoup les ont appelés.

Ce qui est sûr c'est qu'ils étaient beaucoup plus calmes
Et aussi beaucoup plus discrets, quand on leur confiait quelque chose,
Et entre leurs mains les secrets
N'étaient vraiment pas un conte,
Et c'est non seulement vrai,
Car en plus de ne rien dire à personne,
Ils ne seraient pas non plus surpris si un jour ils les voyaient,
Car la réalité des enfants a l'habitude de s'appeler imagination.

Et c'est ainsi qu'arriva le jour où les amis violets,
Verts et bleus purent à nouveau être aperçus
Et même être contactés,
Car les enfants voulaient jouer avec eux,
Sans avoir pensé qu'on prendrait au sérieux leur jeu.

Et c'est pour cela que les retrouvailles eurent lieu
Bien avant que ce qui avait été programmé
Et plus joyeusement que ne l'avaient pensé
Nos amis violets.

Très vite ils se mirent à jouer, à parler et même à voyager,
Car ces petits amis s'ils avaient quelque chose de différent du reste
C'était leurs désirs d'aventure, d'explications et de rêves,
Qui bientôt deviendraient la réalité sans contes imaginaires.

Et c'est ainsi que les retrouvailles continuèrent,
Avec de plus en plus de mesures de protection pour eux,
Car l'amitié continuait à se consolider entre eux,
Et les parents et grands-parents commencèrent à soupçonner
Que les contes de leurs enfants étaient des vérités.

Alors quelques grands-parents se préparèrent
À accueillir chez eux leurs amis de l'air,
Sans ne rien dire à personne pour ne pas être considérés
Comme de vrais cinglés et ainsi se faire sous-estimer,
Ou peut-être même humilier.

Les frères de l'air trouvèrent que c'était parfait,
Ainsi ils pourraient leur parler sans crainte de se tromper
Et sans que ces êtres humains ne transforment
À nouveau leurs secrets
En commérages complètement inventés
Plus fabuleux qu'un conte.

Et c'est ainsi qu'après tant de temps
Ils purent enfin se réunir
Ces frères qui un jour se séparèrent pour si longtemps,
En ignorant que l'histoire de ce voyage,
S'effacerait de leurs mémoires, au moins d'un côté
Sur les deux concernés.

Car peu à peu elles furent plus nombreuses les familles
Qui chez elles accueillirent
Ces frères de l'air,
Parce que grâce à leurs enfants elles avaient compris
Que ces hommes verts, bleus et violets,
N'étaient pas méchants, même si la couleur de leur peau,
De leur visage ou de leurs habits n'en faisait que des étrangers,
Mais ils ressentaient tout comme eux,
Et les mêmes choses les faisaient souffrir.

Et loin de vouloir faire la guerre ou se disputer pour un territoire,
Un état, une planète ou un pouvoir,
Ils voulaient partager ce qu'ils avaient appris
Durant toutes ces années de voyages et d'explorations
À travers de si nombreuses galaxies et d'autres constellations.

Ils voulaient partager leurs rêves d'un monde meilleur.
Ils voulaient partager tout ce qu'ils avaient découvert :
De l'espace entre les planètes, les étoiles et les constellations,
Et leurs visites chez d'autres populations
Où tant de bonnes choses leur étaient arrivées.
De toutes leurs vies dans les temps et les espaces,
De l'éternité du temps et de la relativité des choses.
Des missions de leur vie et pourquoi ils s'étaient retrouvés
Et comme tout ceci était déjà prédestiné.

De leurs amours, de leurs familles, de leurs amis.
De l'âme sœur et de toutes ses complications,
Mais aussi et en même temps ses nombreuses satisfactions...
Enfin, de tant de choses...
Simples, sacrées et belles.

Parce qu'enfin le jour arrivait
Où ils se réuniraient,
Dans cette galaxie et bien d'autres,
Débordants de joie, de bonheur, de vie, de paix.

CHAPITRE VI:
UN MONDE NOUVEAU

« Oui, il est possible de construire un monde meilleur basé sur l'amour,
en contact et en harmonie avec d'autres frères de l'univers,
en lien étroit avec Dieu »

Chapître XXVIII, n° 19
MESSAGE DU VERSEAU
Enrique Barrios

Et ainsi se produisirent les retrouvailles,
De plus en plus souvent entre les frères de la Terre
Et les frères du ciel.

Dans les maisons, dans les rues,
En public ou en privé,
Car ces relations devenaient de plus en plus communes.

Et c'est ainsi que les uns et les autres apprirent à communiquer,
Et avec le temps ils organisèrent aussi des voyages ensemble
Et découvrirent de nouvelles choses, des formules et des instruments,
Comme des médecines, des plantes et des petites feuilles de menthe,
Dont les deux groupes pouvaient profiter.

Et comme le temps de ce conte touche à sa fin,
Le temps de la vie, grâce à Dieu, vient de commencer,
Et c'est ainsi qu'arrivera le jour où enfin
Tous, nous serrerons dans nos bras nos frères de l'air,
Sans peur ni rancœur,
Sans méfiance et la joie au cœur,
Avec l'allégresse de vivre et un infini bonheur.

Aucune importance n'aura la couleur de la peau,
Des yeux ou des cheveux,
Ni la grandeur du visage, la taille ni les crédos,
Seul comptera l'Amour, l'amitié et nos sentiments les plus profonds,
Car tous nos sentiments se ressemblent et ce n'est pas un conte.

Et bien que tous les contes de la Terre se terminent par un vers,
Ce conte, qui vient du ciel, se termine par un baiser.
Je souhaite que tous ceux qui liront ce conte soient contents,
Et que très bientôt tous leurs rêves se réalisent totalement.

Ah ! Et rappelle-toi,
Si tu ne t'es pas encore trouvé un frère du ciel,
C'est parce que la porte de ton esprit
N'as pas encore franchi le pont
Qui sépare la raison de l'illusion
Et qui unit la science et l'amour.

Bon voyage dans cette vie !
Ou mieux encore, qu'elle soit très heureuse ta vie
Pleine d'amours, d'amis, de joies, de rires et de folies !

*** FIN ? ***